LE
SALON DE 1852,

PAR

EUGÈNE LOUDUN.

PRIX : **50** CENTIMES.

2ᵉ TIRAGE

PARIS,

L. HERVÉ, ÉDITEUR,

Rue du Four-Saint-Germain, 33,

ET CHEZ TOUS LES MARCHANDS DE NOUVEAUTÉS.

1852

LE SALON DE 1852.

LE
SALON DE 1852,

PAR

EUGÈNE LOUDUN.

———

DEUXIÈME TIRAGE.

PARIS,

L. HERVÉ, ÉDITEUR,

Rue du Four-Saint-Germain, 33,

ET CHEZ TOUS LES MARCHANDS DE NOUVEAUTÉS.

—

1852

SALON DE 1852,

PARIS.

LE SALON DE 1852.

L'impression que l'on emporte du Salon, après l'avoir long-temps étudié, est triste; l'exposition est médiocre. Peu de grandes œuvres, presque rien du premier ordre; en revanche, beaucoup de ce qu'on est convenu d'appeler de *bonnes choses*, c'est-à-dire des œuvres qui n'exigent aucun enthousiasme, qui ne remuent pas, mais devant lesquelles on s'arrête un moment en disant : C'est bien! puis l'on passe et l'on oublie. Il semble que cette composition du Salon convienne à la disposition de nos esprits. On a été tellement secoué, depuis quatre ans, par les mouvements contraires, qu'on se laisse aller avec une sorte de jouissance à la torpeur; il ne faut rien qui excite, qui oblige à sortir de cette atonie; on a assez des torrents mugissants et rapides qui emportaient à travers les sublimes horreurs; on se trouve arrivé à un lac immobile. on laisse dériver la barque où il lui plaît, mollement étendu dans un demi-sommeil et le silence.

Cependant, plusieurs œuvres signées d'un nom

connu appellent l'attention ; quelques autres , en plus petit nombre, la méritent par d'éminentes qualités. L'examen que je veux en faire ne sera pas au point de vue des artistes ou au profit d'une école, mais au point de vue du public. Le public n'est point frappé par les qualités secondaires ; les grandes seules le touchent : celles du sentiment et de la pensée ; pour lui, la peinture est encore ce qu'elle était au temps de Simonide, une *poésie muette*, et les mêmes principes règlent l'une et l'autre. Pour la peinture comme pour la poésie, le vrai seul est beau.

Devant tout tableau', je me suis posé trois questions :

Y a-t-il une pensée ?

Quelle est cette pensée ?

Comment la pensée est-elle traduite ?

S'il n'y a pas de pensée, l'ouvrage est indigne d'être regardé.

« Qu'on ne rende pas agréable, dit saint Augustin, ce qui est inutile. » Qui n'affirme rien dans les arts parle aux sens, et parler aux sens, c'est être funeste et détestable au point de vue artistique autant qu'au point de vue moral.

Si la pensée est vicieuse ou basse, l'ouvrage est mauvais : « L'art vit de l'esprit, le matérialisme est sa mort. »

Si elle est mal rendue, l'ouvrage est médiocre. Ce sera là la base de mes jugements.

Les bonnes œuvres de l'exposition ne sont malheureusement pas du genre supérieur, mais des genres secondaires. Ce n'est pas la foi ou la pensée dramatique qui ont inspiré de grandes scènes historiques ou religieuses, là où le talent développe sa puissance de composition, de passion ; s'il y en avait deux ou trois, le Salon serait sauvé. Non, les belles œuvres aujourd'hui ce sont des représentations plus matérielles : portraits, paysages, fleurs, animaux, — l'homme immobile, la nature muette et la brute.

Voilà pourquoi je commence par un portrait.

Le *Portrait de Mme **** (la marquise de Crillon), par M. Léon Coignet, est l'œuvre capitale du salon. Mme de Crillon, femme de plus de cinquante ans, est représentée à mi-corps, droite, debout, de face, dans une attitude simple, les deux mains l'une sur l'autre, au bas de sa poitrine. Rien de cherché ; le peintre est absent, on ne voit que le modèle : ton, dessin, tout est vrai et naturel ; l'attention des connaisseurs n'est appelée que sur les mains, parce que, qualité rare, elles sont admirablement exécutées, aussi parfaites de dessin que de coloris ; on sent la vie dans le sang qui coule, dans les chairs fermes et qui ont de la profondeur, dans la physionomie noble et reposée. Mais ce n'est pas tout : ce qui fait de ce tableau le chef-d'œuvre de l'exposition, c'est qu'il a un caractère. Il n'était pas nécessaire qu'un double écusson figurât au haut de la toile, pour qu'on découvrît que cette femme est distinguée. Dans cette attitude ferme, dans ce regard arrêté, dans cette bouche fine, dans toute cette figure aux lignes sévères, on reconnaît la femme de race. Cette femme a un salon où ne pénètrent pas les premiers venus ; la conversation qu'on tient avec elle ne saurait être commune ; elle doit être environnée de respect, d'un respect dont la tradition se perd, et qui est comme un reflet d'une société déjà éloignée. C'est ainsi qu'un peintre fait penser ; derrière sa toile il y a une autre image vaguement entrevue, une image idéale que l'art rend autant qu'il est en lui par les moyens humains, et l'impression que l'on emporte n'est pas seulement une admiration stérile pour le talent de l'artiste, mais un souvenir fécond, plein de méditations, de comparaisons et d'enseignements.

Si l'on veut davantage apprécier le beau portrait de M. Coignet, on n'a qu'à se retourner. Vis-à-vis se trouvent trois portraits de femmes, par M. Dubuffe, non pas le père, mais le fils; il est bon de le noter, on pourrait s'y tromper. M. Dubuffe, qui semblait depuis quelque temps chercher une voie plus sérieuse, a été emporté par la force du sang, et il est revenu à la manière de convention qui a fait la fortune de son père. Ces trois femmes sont superbement habillées de satin et de dentelles; elles sont jeunes, elles sont belles, mais elles sont bêtes. Deux d'entre elles, vues de face, semblent dire au spectateur : « N'est-ce pas que je suis une belle femme? » L'autre, plus modeste, accoudée et de trois quarts, tient à passer pour rêveuse et fine; mais en réalité, elle ne rêve pas, elle pose. De partout suinte la vanité, et le faux et l'apprêté. Tout cela sonne creux; avec les deux premières, il faudrait s'épuiser en compliments, leur parler bals et opéra; la dernière aurait des prétentions à l'esprit; on lui ferait une cour romanesque et sentimentale; c'est à faire fuir un honnête homme; mais aussi, elles sont peignées, peintes, attifées, lustrées en perfection, les robes reluisent. Cela met en extase tous ceux qui n'ont que des yeux.

Un autre portrait, qui plaît beaucoup, est celui d'une jeune blonde, à grosses boucles et en robe bleue, de M. Landelle. Il est meilleur que ceux de M. Dubuffe, car le modèle, s'il est vide, au moins n'a pas de prétentions. Mais chez ce peintre encore, absence complète de pensée; et pour s'en convaincre, qu'on regarde les deux tableaux religieux, placés à côté de son portrait : *Bienheureux ceux qui pleurent, et bienheureux ceux qui ont le cœur pur.* Je vois bien des gens qui lèvent les yeux au ciel, mais

où est l'inspiration? Ces jeunes hommes, ces jeunes
femmes, sont fort gentils, gracieux, ils figureraient
agréablement dans un salon; mais je doute qu'ils
aient grande soif des biens du ciel, et qu'ils aspirent
fort à quitter ceux d'ici-bas.

Si M. Landelle fait de la peinture religieuse de
salon, M. Seurin en fait de boudoir, et M. Henri
Scheffer (qu'il ne faut pas confondre avec son frère
Ary) de presbytère luthérien : *Trahit sua quemque
voluptas.* Pour représenter *Marthe* et *Marie* devant
le Sauveur, M. Seurin n'a trouvé rien de mieux que
de portraire de jolies lorettes du quartier Breda; il
vient, à les regarder, les pensées les plus mon-
daines; cela fera très-bien dans le boudoir d'une de
ces dames.

La famille protestante lisant la Bible, de M. Scheffer, au contraire, présente un assemblage triste et
morne de raides personnages secs et glacés. Ce
père a les traits si rigides, cette mère est si prude,
ces enfants sont si sérieux, tous si graves, si puri-
tains, si guindés, si revêches, si peu émus, si peu
aimables, que c'est à donner envie de devenir ca-
tholiques à ceux qui ne le sont pas.

Ah! qui nous rendra.... non pas Raphaël, non pas
Lesueur, non pas Van-Dyck.... non pas même Jou-
venet, mais ces inhabiles peintres des XIVe et
XVe siècles, les Montigna, les Alumni, dont je ne
peux regarder le *Christ conduit au supplice* ou *Jésus
sur la croix*, sans que ces visages en pleurs de Marie-
Madeleine, de saint Jean, de la Vierge, en proie à
la douleur la plus navrante et la plus vraie, ne me
troublent jusqu'au fond du cœur, et que je ne sente
se relever et se raviver en mon âme la foi engourdie!
La peinture religieuse, artistes!.... Croyez! Que votre
cœur s'élève vers Dieu!... Ayez besoin de prier! et
vos personnages, comme ceux de Lesueur, mon-
teront de terre sans effort.

Il faut noter pour mémoire, en passant, deux
portraits de M. *Jobbé-Duval* : l'un d'une certaine
dame maigre, pâle, aux traits décharnés, à la figure
allongée, qui se penche en avant et qui paraît vou-
loir s'élancer sur le spectateur; elle ne représente-
rait pas mal la chatte métamorphosée en femme;
l'autre d'une jeune blonde qui pose crânement, la
tête relevée, comme un capitaine de grenadiers pour
commander une charge à la baïonnette. Ses cheveux,
légèrement roux, crépés, et formant deux petits
angles qui menacent le ciel, lui donnent un air peu
rassurant; on aime à penser que ces deux dames ne
sont ni aussi risibles, ni aussi terribles. Quoi ! toujours du faux ! de l'excessif ! des efforts hors nature
pour produire de l'effet ! Eh ! malheureux ! les
artistes qui m'émeuvent n'en vont pas tant chercher;
ils regardent sérieusement ce qui est sous leurs yeux:
ils rendent ce qu'ils voient, la vérité, et cela suffit !

Une foule compacte se presse autour d'une grande
toile : *Derniers honneurs rendus aux comtes de Horn
et d'Egmont*, par M. *Gallais*. Je m'approche, et
par-dessus les épaules de trois ou quatre rangs de
spectateurs, j'aperçois deux têtes coupées, livides,
les yeux clos, les traits tirés, reposant l'une près de
l'autre sur un lit de parade; les deux corps, séparés
de ces têtes tranchées par un ruisseau figé de sang,
sont couverts d'un manteau de velours noir, sur
lequel se détache un crucifix d'argent; tout à l'en-
tour, les membres de la compagnie du Grand-Serment
se tiennent debout, immobiles, les regards fixés sur
ces deux têtes. Je comprends l'empressement de la
foule; elle est là comme à une exécution : la foule a
toujours aimé la Grève, les gladiateurs, les combats
de taureaux; il y a dans l'aspect de la mort sanglante
un sauvage et poignant attrait qui va à la partie brutale de l'homme.

Ce tableau ressemble à un drame du boulevard,

composé par un homme qui sait écrire; l'idée et le plan en sont vulgaires, l'exécution, plus relevée; l'auteur a pris les moyens des faiseurs, mais il les a revêtus d'un style étudié. C'est là la double marque de son œuvre; c'est ce qui explique comment elle obtient à la fois l'engouement de la foule et quelque estime des connaisseurs. Les physionomies graves, fortes, le recueillement senti des personnages, une couleur ardente qui rappelle un peu le cuivre rouge de M. Robert-Fleury, une composition bien ordonnée, dans les principes de l'école de M. Paul Delaroche, voilà pour les artistes; le spectacle violent, voilà pour le gros public. L'auteur n'a pas un talent médiocre; mais il faut qu'il prenne un parti : qu'il continue les scènes à grand tapage, ou qu'il aborde le vrai drame, la tragédie, et ses passions et ses pensées; les épisodes curieux et d'un intérêt de cour d'assises, ou l'histoire, instructive et sévère; par les uns, il aura un succès bruyant et passager; par l'autre, il acquerra une gloire lente et durable : c'est à lui de choisir.

Voici les *Demoiselles de campagne*, de M. Courbet. (d'autres écriraient *Jeunes filles à la campagne*; mais M. Courbet affecte d'employer ces expressions communes pour ne pas parler comme tout le monde). Deux petites bandes de rochers partent du milieu du tableau et s'écartent jusqu'aux bords. Ces rochers sont nus, coupés à pic, peu élevés, des sortes de murailles naturelles; l'espace intermédiaire est une petite prairie où coule un maigre ruisseau, qui monte et disparaît entre les rochers. Rien que cela. On n'imagine pas de paysage plus laid, plus désert, plus désagréable; c'est un de ces lieux retirés où s'égare parfois quelque chèvre étique à la recherche d'un brin d'herbe. Cependant c'est ce vallon, car c'est un vallon, qu'ont choisi trois *demoiselles de campagne* pour se promener. Elles y rencontrent une petite mendiante à qui elles font l'aumône ; la mendiante n'est pas belle ; elle est habillée de haillons, c'est trop juste ; mais les demoiselles, mon Dieu ! que l'on comprend bien qu'elles aient recherché ce lieu solitaire ! Elles sont si peu jolies, si disgracieuses, d'un air si commun, si mal habillées, qu'elles ne doivent désirer rencontrer personne. A coup sûr, M. Courbet est malheureux de ne connaître pas de plus jolies jeunes filles. A côté d'elles est un petit chien blanc, la queue relevée, sur qui l'on s'arrêterait peut-être avec quelque charme, n'était une certaine vache contre laquelle il a l'air de se fâcher, et qui est si mal en perspective, qu'elle est presque aussi petite que lui. Rien de risible comme ce petit chien vis-à-vis de cette petite vache, sans doute venue de Lilliput. Ajoutez que le terrain, d'un joli vert d'ailleurs, est tellement en pente, par le même dédain de la perspective, que c'est un tour de force pour les demoiselles, le chien et la vache, de s'y tenir debout. Quelques personnes trouvent dans cette bizarre et peu aimable composition des qualités de couleur et de naïveté. Je le veux bien croire ; mais qu'y a-t-il là, je vous prie, pour le cœur, pour l'esprit, ou même pour les yeux ? Je ne suis ni touché, ni instruit, ni amusé. Si c'est pour faire parler de lui à toute force que M. Courbet suit cette voie, il est satisfait ; j'exprime ici le sentiment général.

En face du bronze de M. Rude, *Le Christ en croix*, *Jean et Marie*, on se dit tout de suite : Voilà une grande œuvre ! Qu'y a-t-il donc dans ces trois figures, simplement et naturellement conçues, pour que l'on soit ainsi saisi ? Il y a une pensée, et c'est assez. Oui, c'est une œuvre puissante ; mais, il faut le dire, cette pensée qui me frappe, c'est une pensée humaine, ce n'est pas un sentiment chrétien. Quand je considère ce saint Jean, douloureux, le visage tourné vers son maître, et laissant échapper un sanglot à travers ses lèvres entr'ouvertes ; cette mère, la Vierge, accablée et muette, la tête penchée sous ses voiles, la main pendante et sans force, le corps tout affaissé sous le poids de son désespoir ; plus je me reporte de l'un à l'autre, plus je cherche leurs pensées, et plus je suis obligé de me convaincre que l'artiste n'est pas un chrétien, mais un philosophe. Non ! ils ne croient pas qu'il est Dieu, celui dont l'agonie vient de finir, et qui est attaché à cet instrument de supplice ; ce n'est pas la foi qui les anime, et leurs cœurs torturés ne sont pas traversés d'un rayon d'espérance éternelle. Ce que voit ici Marie, c'est le fils qu'elle perd, Jean, le maître qui l'a quitté ; tous deux ils se disent en leur âme : Quoi ! cet homme admirable, dont la vie était pleine de sainteté et les œuvres de charité, il a été récompensé de ses vertus par la mort ! Mère, je ne reverrai plus mon enfant aimé ; disciple, je n'entendrai plus la parole de celui qui m'enseignait ! Mais cette résurrection qu'il a promise, mais cette vie nouvelle au bout de trois jours, mais cette divinité qu'il a affirmée ! Jean, Marie, l'avez-vous oublié ? Ah ! vous doutez encore, et à cette heure plus que jamais ! La réalité vous étreint. Il est mort ! Que reste-t-il de lui ? Rien, que sa doctrine, son souvenir et son amour !

Artiste puissant et penseur, digne par vos grandes qualités de comprendre une censure sévère, je ne vous reprocherai pas quelques fautes de détail dans votre œuvre consciencieuse (la lourdeur des voiles, le mouvement un peu déclamatoire du manteau de saint Jean, la molle rondeur des jambes du Christ). Ces irrégularités vous les connaissez, vous saurez les réparer. C'est la foi, la foi, qui manque à votre inspiration énergique. Ah ! vous êtes frappé de la folie raisonneuse de nos temps discuteurs ; vous jugez le Christ comme les philosophes jugent Socrate ou

Platon ; vous ne croyez pas en lui. Sa mission, **vous**
l'examinez, vous l'appréciez comme un système ; **lui,**
vous le plaignez comme un martyr de la vérité....
Ah ! laissez vos livres, vos sages, votre raison ; lisez
les évangiles d'un cœur simple et paisible : « Ne vous
troublez pas, dit Jésus, vous croyez en Dieu, croyez
aussi en moi. » (*Saint Jean*, XIV, 1.) Et quand vous
aurez été touché, quand vous aurez courbé votre
raison sous cette parole, telle que jamais bouche
humaine n'en a prononcée, vous sentirez, vous aussi,
que la vie et la mort de Jésus sont d'un Dieu, et ce
n'est plus votre pensée, c'est votre sentiment qui
saura vraiment représenter le fils de Dieu !

M. Meissonnier a trois tableaux, grands comme
un in-octavo : ici, un homme qui essaie une épée ;
là, deux estafiers attendant à une porte quelqu'un à
assassiner ; plus loin, un homme qui écrit. Ces trois
tableaux sont comme tous ceux de M. Meissonnier,
exécutés avec une finesse si habile, si minutieuse,
qu'on fait à peine attention à la monotonie du ton
et à la dureté métallique des vêtements. Ces petits
personnages sont des marionnettes de bois, bien
habillées ; mais ils sont gentils et amusants : aussi il
faut voir la foule des amateurs penchés, la loupe à
la main, pour les examiner et s'extasier ; chacun
se relève en s'écriant : « C'est admirable ! » C'est
donc là le *summum* de l'art aujourd'hui ! oui ! l'art
pour l'art ! Ces toiles ne disent rien à l'âme et à
l'esprit ; seulement elles sont jolies, c'est bien fait ;
en voilà assez. L'artiste peut continuer ainsi une
éternité, il ne se fatiguera pas ; il n'a besoin ni de
pensée, ni d'invention. Aujourd'hui, *Un homme qui*
fume ; demain, *Une femme qui boit du café*, etc. ; il
ne lui faut que beaucoup de patience et de temps.
Est-ce cela l'art ? Non ! c'est un métier. Est-ce
un artiste que j'ai devant moi ? non, un artisan. Si
c'était de l'art, ce serait difficile à imiter, car, dans

l'art, il y a de la pensée et de la passion, et la pensée
et la passion ne s'imitent pas ; mais au contraire,
c'est une manière de faire, un procédé, et en l'étu-
diant avec un peu de soin, on l'apprend et on l'ap-
plique ; déjà trois ou quatre jeunes gens l'imitent
presque à l'égaler : MM. Fauvelet, Plassan, Chavet ;
encore un peu de temps, et ils l'auront atteint. Nous
aurons trois, quatre, dix Meissonnier, mais nous
n'aurons pas un artiste de plus.

Le morceau de sculpture qui décèle le plus d'originalité est certainement le groupe de M. *Dubray* ;
l'auteur de la statue de *Jeanne Hachette*, inaugurée
l'an dernier à Beauvais, a représenté un petit amour
lutinant un satyre. *Le maître à tous* a saisi, de ses
petits doigts, le satyre par la barbe, et l'a, du coup,
jeté par terre ; celui-ci, à moitié renversé, accepte
gaiment la plaisanterie ; les sueurs lui découlent bien
du visage, vu que le petit garnement tient bon et
tire fort ; mais ce n'est qu'un enfant, il faut en rire ;
d'un seul mouvement de ses gros membres muscu-
leux, il se débarrassera de lui quand il voudra :
c'est le dogue jouant avec un jeune chien qui le mor-
dille et abuse de sa faiblesse. Qu'il prenne garde,
pourtant ! L'espiègle enfant a une autre force qu'il
dérobe derrière son petit corps fièrement cambré :
de son autre main il brandit un trait acéré qui, s'il
le lance, frappera le satyre au cœur et le fera s'avouer
vaincu.

Là est la pensée : la matière, quelle que soit sa
force, est impuissante contre l'esprit qui a toujours
une arme cachée et secrète.

Et la pensée originale est servie par une exécution
aussi nouvelle. L'expression de cet être bizarre, le
satyre, moitié homme et moitié bouc, est un piquant
mélange de gaîté, de douleur et de dédain : là,
l'artiste s'est montré savant dans son art et dans l'antiquité ; mais, ce qui vaut mieux, l'amour est une

création qui lui appartient. Je ne vois plus ici ces amours de convention, éternellement joufflus, qui, depuis deux mille ans, sont dans les yeux et la mémoire de tout le monde.

Cet enfant, cet amour, est un amour moderne, français, presque parisien. Il n'est point beau d'une beauté matérielle qui, après avoir usé sa jeunesse dans les voluptés, s'abêtira et s'engraissera d'une graisse ignoble ; c'est un enfant spirituel, fin, et en qui germe la pensée ; son regard profond voit plus loin que son âge ; c'est l'amour intelligent et poétique, l'amour qui engendre les grandes choses. Ce groupe gracieux et frais ne laisse pas froids ceux qui le regardent ; il produit une impression, ce qui est si difficile en sculpture ; il n'a pas seulement pour lui la faveur des connaisseurs, mais, suffrage plus rare, il gagne le cœur des poètes et des femmes. On sourit, et en s'en allant, on rêve à cette douce image de l'amour qui, en se jouant, renverse les plus forts et menace les plus insensibles.

Par la couleur, par le sujet, par le titre, la *Comédie humaine*, de M. Hamon, appelle l'attention et l'obtient. Au milieu du tableau se dresse le théâtre *Guignol ;* mais la scène est nouvelle : le diable, habillé en guerrier antique, a jeté bas, du coup de son bâton, le polichinelle romain, et au haut d'une potence, l'amour païen se balance suspendu. Alentour, une bande de petits enfants est assise bouche béante et émerveillée ; mais ce n'est pas là qu'est l'originalité. Des deux côtés se tiennent les grands parents, debout et observateurs, et ces grands parents, ce sont les poètes, les tragiques, les comiques, les philosophes : *Dante, Eschyle, et Montaigne, et Homère, et Socrate, et Diogène*, et tous ceux qui ont pris pour étude et pour sujet de leurs œuvres immortelles l'âme humaine.

Au premier aspect, on se dit : Il y a là une idée.

L'étrangeté du tableau est si nette qu'on ne peut s'empêcher de croire que le peintre n'ait pas eu une idée philosophique ; puis on cherche, et faut-il l'avouer, on ne devine pas : c'est un hiéroglyphe, une énigme ; il n'y a pas d'idée. Ou bien l'auteur a voulu montrer que la vie n'est qu'une comédie, que c'est ainsi que l'ont compris tous les maîtres pen-seurs ; et alors, c'est une idée fausse, une idée scep-tique. Quoi ! ils viennent ici, en face de cette bouf-fonnerie, ces philosophes, le crayon à la main, et ces poètes, le masque tragique devant la figure, comme à l'école de la vie ? Pour eux, passions, ac-tions, sentiments humains n'aboutissent qu'au bur-lesque ; et l'homme lui-même, sur cette terre, n'est aux mains de Dieu, selon l'expression de Plaute, que comme une balle dont il se joue ! Non ! ils avaient une plus haute idée du but et de l'action de la vie, ces grands hommes qui l'ont peinte sous ses as-pects changeants, et en qui l'humanité se personnifie et se reconnaît ; ils avaient trop souffert de ses dou-leurs pour en rire : cet amusement de venir curieu-sement regarder, et le sourire aux lèvres, les folies humaines est réservé à ceux qui ne pensent pas ou qui ne croient plus. Mais ces grands esprits étaient aussi de grands cœurs ; et lors même qu'ils repré-sentent les travers et les vices de l'homme, on sent, sous leur rire, le sentiment de la misère hu-maine et une pitié sérieuse et plaintive.

Voilà ce que c'est que de se livrer au vague de la vie ; ce jeune homme, qui commence à peindre, ne se doute même pas de ce qu'il faut croire ; il a lu M. de Balzac et M. de Musset ; il trouve de bon goût de plaisanter et de se moquer ; il est sceptique par légèreté, et tout est léger dans sa peinture ; le des-sin n'est pas même suffisant ; la couleur, à la sur-face, ressemble à de la peinture de paravent ; pas un muscle des figures n'est déterminé, pas un regard arrêté ! Il n'est pourtant pas un esprit commun ; mais, il s'en étonnera peut-être, s'il veut faire de bonne peinture, de la peinture consciencieuse, il faut qu'il rompe avec ses mauvaises traditions, la vie futile, les lectures faciles. Ce n'est que dans le silence, la méditation et la retraite que sa pensée peut se fortifier, se purifier et s'élever.

Quelques-unes des meilleures œuvres du Salon se rencontrent dans les genres spéciaux ; en général, les peintres de paysages sont ceux qui ont le moins perdu ; le sentiment qui comprend la nature est moins haut, moins puissant que celui des passions de l'homme.

Les siècles de foi ne peignent pas la nature ; les paysages des tableaux de Raphaël sont à peine indiqués ; mais quand on n'a plus rien de certain dans ses croyances, qu'on ne sait plus rien affirmer sur l'homme, on ne peut rendre les mouvements de l'âme, et l'on se rejette sur la nature immobile ; on n'est ni chrétien ni païen, on est panthéiste ; voilà pourquoi nous avons tant de paysages aujourd'hui.

Le Salon possède plusieurs bons paysages : Ceux de M. Flers, vrais, simples, d'un vert naturel et harmonieux ; *les Côtes de Bretagne*, de M. Thuillier, hérissées de gros rochers gris et arrondis, saisissants par leur masse et la fermeté de leurs contours ; *Le Château de Windsor*, de M. Justin Ouvrier, qui, malgré les premiers plans, trop négligés, laisse une impression de grandeur et de force imposante ; *Le Moulin de Montmartre*, de M. Hoguet, d'une agréable couleur ; les deux tableaux surtout de M. Ziem : à côté d'une *Vue de Venise*, où un soleil chaud dore les barques aux voiles latines, la mer éclatante et les blanches façades des monuments pittoresques, groupés au fond du bassin, M. Ziem a représenté un *paysage hollandais*, entrevu dans le crépuscule. Une calme rivière, aux bords plats et déserts, coule lentement dans une campagne basse et étendue ; le long de l'eau, quelques arbres peu élevés et des moulins d'une forme particulière : Rien de plus ; le soleil est descendu à l'horizon ; arbres, moulins, eaux profondes, la nature entière se couvre des teintes brunes du soir ; les derniers rayons de lumière semblent se retirer par degrés devant l'ombre envahissante. Tout fait silence, le vent n'agite aucune feuille, la terre se repose ; aucun accident de terrain ne choque et n'arrête la pensée. Devant ce paysage paisible et morne, on demeure recueilli et rêveur.

M. Saint-Jean est toujours le maître sans rival dans la peinture des fleurs ; auprès de ses tableaux, tous les autres paraissent sans éclat et sans fraîcheur. Coloris brillant, vérité de dessin, composition pleine de goût, soin exquis dans les détails, il recherche toutes les qualités qui peuvent plaire. On fait cercle devant son *bouquet de fleurs*, qu'une belle jeune fille semble avoir oublié au bord d'un ruisseau aux eaux claires, et d'où va se détacher une rose qu'on voudrait respirer ; le public applaudit, et les connaisseurs admirent.

Voulez-vous savoir où mènent la recherche du joli et l'oubli de la pensée sérieuse dans l'art ? Regardez les statues de MM. Pradier et Clésinger. Ces licencieux, qui ont si bien réussi à rendre la volupté, sont incapables d'exprimer le beau ; ils ont eu de grands succès par ces œuvres futiles, qu'ils ont mises à la mode ; mais, un jour, leur conscience se réveille, une vague souvenir de l'idéal les tourmente ; ils sentent qu'ils n'ont rien fait de durable ; et ils aspirent à donner une œuvre que les artistes et les penseurs puissent admirer. Mais, c'est là l'honneur de l'art et le châtiment de ces artistes en qui Dieu avait allumé le foyer du beau, et qui l'ont enfoui sous les cendres des trésors terrestres ; ils conçoivent une idée, et ils ne peuvent l'exécuter ; ils en ont l'instinct, la pensée leur manque ; ils savent ce qu'il y a à faire, et ils ne sentent rien des passions qui les devraient animer : Et ainsi, ils ne produisent rien que de médiocre, et leur œuvre n'est pas médiocre comme les œuvres des élèves qui ne savent pas ; ceux-là peuvent apprendre ; c'est bien pis, c'est la médiocrité de la décadence ; ils n'ont plus la sève de la vie, la moëlle de la pensée ; ils en sont réduits à revenir à leurs petites figurines d'étalage, à leurs lascives bayadères, à leurs courtisanes impures.

M. Pradier a passé sa vie à modeler des Flores et des nymphes ; il s'attaque à une puissante idée : Sapho, dégoûtée de la vie et méditant la mort, au bord des flots où elle va s'élancer. Il ne produit qu'une femme fortement contrariée, la tête penchée sur sa poitrine, les jambes croisées l'une sur l'autre, et présentant les plus ridicules aspects ; à la voir saisir son genou des deux mains, on dirait qu'elle cherche à se casser la jambe ; l'artiste a voulu faire la tête méditative, il l'a faite dure ; on reste devant cette femme sans être ému. Qu'elle se tue, quelle ne se tue pas, cela inquiète peu le spectateur ; elle-même n'a pas l'air d'y songer bien sérieusement.

La Tragédie de M. Clésinger est également manquée, et l'on doit s'en féliciter pour l'art lui-même. Que serait donc l'art, et quelle opinion faudrait-il avoir des artistes, si le sculpteur qui, d'un ciseau habile et libidineux, représente une bacchante effrénée se tordant de volupté, pouvait, avec la même facilité et la même supériorité, rendre les plus nobles impressions et les sentiments les plus élevés ? Mais non ! il leur est défendu, à ces adroits tailleurs de marbre, dont la pensée s'est complu à caresser, et la main à exprimer les basses passions et les instincts brutaux, de remonter aux régions sereines ! Ils ont beau, pour peindre la tragédie, choisir le type noble et dramatique de Mlle Rachel; au lieu de la distinction, ils ne donnent que l'étrangeté; au lieu de la puissance, la dureté; au lieu de l'émotion intérieure, la colère déplaisante. Ils perdent même de leurs qualités ordinaires; se sentant mal à l'aise dans cette noblesse qu'il faut feindre et cette dignité d'emprunt, ils torturent leur modèle sans s'en apercevoir; ils laissent glisser leurs draperies sur des bras faussés, ils alourdissent la robe sur une jambe absente; ils posent une petite tête disproportionnée sur un long corps: voilà *la Tragédie* de M. Clésinger!

Nous tous, à cette heure, reconnaissons notre œuvre; c'est nous, par le triomphe que nous avons donné à sa *Bacchante* de 1847, qui avons inspiré l'artiste, qui lui avons soufflé notre esprit et énervé son génie.

Le groupe de bronze de M. Barye: *Un Jaguar dévorant un lapin*, est digne du talent et de la réputation du sculpteur. Le jaguar a saisi un lapin et le tient entre ses dents; la pauvre petite victime a les reins brisés; elle n'est pas morte, elle expire, la vie s'éteint; on le voit à ses pattes détendues, frisonnant des douleurs de son agonie. L'animal sauvage, au contraire, est plein de vigueur et d'animation; raidi sur ses deux pattes de derrière, fortement allongées, tandis que celles de devant se crispent sur un rocher, il est arrêté, on dirait qu'il va s'élancer encore; c'est bien en bondissant qu'il a saisi sa proie; la peau est toute tendue, les muscles saillants, les oreilles raides; mouvement, vie, expression, tout s'y trouve; à le regarder, on se sent animé.

Il existe deux peintres du nom de Duvau, l'un Jules Duvau, excellent élève de Charlet, et peintre de batailles, plein de feu et de sincérité, avait exposé, l'an dernier, *La Prise de la Haie-Sainte*, qui fut achetée par M. le comte de Chambord. Il n'a pas exposé cette année le tableau qu'il préparait : *Une Halte militaire*, qui n'a été terminé qu'après l'ouverture du Salon, et a été acquis par le prince Louis-Napoléon ; l'autre, Louis Duvau, est l'auteur de *La Peste d'Ellian*, qui produisit une assez vive sensation en 1849. Celui-ci affectionne les scènes de désolation : son tableau représente *Une Famille de pêcheurs bretons naufragés*. Dix ou douze pauvres marins et deux femmes ont été jetés par la tempête sur un de ces rochers que l'on rencontre sur les côtes de l'Armorique, nus, âpres, et qui semblent avoir été détachés de la chaîne et lancés au milieu de la mer par la main d'un géant. Les uns sont étendus, brisés de fatigue et de souffrances ; d'autres, penchés sur les aspérités du récif, cherchent avidement au loin une voile absente ; un autre, assis solitaire à l'extrémité du roc, la tête dans ses mains, regarde vaguement devant lui, sans idée et sans voir. C'est un drame qui, outre qu'il a le tort de trop rappeler *Le Radeau de la Méduse*, comme idée, ensemble et détails, ressemble à ces pièces émouvantes que l'on jouait, il y a quinze ans, sur les boulevards. Les effets sont forcés pour produire l'émotion, et ce n'est pas le cœur qui est touché, mais les nerfs qui sont ébranlés ; l'auteur a voulu saisir par un aspect terrifiant, et tous ces personnages sont couverts d'une teinte cadavéreuse uniforme : mourants, forts et faibles, tous sentent le cimetière ; de là, absence de recherches sérieuses et de vérité dans les détails ; la plupart des acteurs posent académiquement : une femme est étendue en avant, à moitié nue, et à côté de ces paysans bretons à la grande chevelure flottante, à la veste longue, aux gros souliers ferrés ; je ne peux reconnaître la femme du pêcheur dans cette courtisane dont le sein est découvert et les vête-

ments d'une couleur éclatante. On a le droit d'être
sévère pour M. Duvau, il est doué d'un véritable
talent, mais il est encore sous le coup d'une mau-
vaise école, qui lui a appris à exagérer ses efforts.
Eh! restez simples, jeunes gens! ne peignez que
lorsque vous aurez un sentiment, et tout naturellement, vous frapperez juste et fort.

On a fait à M. Chassériau une rapide réputation;
M. Théophile Gauthier, qui est un élève en littérature, et qui n'existerait pas si M. Victor Hugo n'eût
vécu, s'est tout de suite épris de M. Chassériau,
élève aussi en peinture, et qui ne serait rien sans
M. E. Delacroix; ces deux imitateurs se sont compris. Le résultat de dix années de réclames et
d'éloges exagérés est qu'aujourd'hui M. Chassériau
n'a pas fait un pas dans le progrès. Il a exposé un
Combat de deux chefs arabes; le premier, du haut de
la berge d'un torrent, brandit sa lance contre le
second, qui s'efforce de faire franchir le torrent à
son cheval. Il y avait là place pour la passion; mais
le peintre, qui n'a que du métier et ce qu'on appelle
dans l'école des *ficelles,* ne pouvait représenter ce
qu'il ne sentait pas; il a voulu du moins simuler
l'emportement, et comme tous ceux qui ne sentent
pas, il n'est arrivé qu'à l'exagération; ce n'est pas la
tragédie, c'est le mélodrame.

Les figures des deux Bédouins n'ont pas de colère, mais le burnous de l'un d'eux s'est hérissé
comme une crinière de cheval; c'est le capuchon
qui semble en fureur. Il faut ajouter aussi que les
chevaux ne sont pas dans leur état naturel; l'un a
passé presque au cramoisi, l'autre a pâli à en devenir violet; il le fallait bien, M. Eugène Delacroix
a inventé les chevaux violets et cramoisis. M. Delacroix
peint aussi des ciels déchirés et furibonds; le ciel de
M. Chassériau est déchiré et furibond: *Imitatores
servum pecus.* Quant au dessin, il est de bon goût

de n'en point parler, quand il s'agit de M. Delacroix
et de M. Chassériau. On ne peut cependant ne pas
signaler le déplorable état où est tombé le cheval
cramoisi; cette pauvre bête est bien malade; pas un
muscle n'est à sa place, et ses jambes sont tellement
tortillées et zigzaguées, qu'on se demande comment
elle peut marcher.

Puisque j'en suis aux réputations exagérées, je
veux dire, une bonne fois et d'un seul coup, la vérité
à plusieurs. Ce n'est pas le talent qui manque en
notre temps, c'est la direction du talent. Depuis
vingt ans, le manque de critique a laissé se fourvoyer
une foule de jeunes artistes qui avaient heureuse-
ment débuté. Ils montraient quelques belles qualités; il fallait les encourager en leur indiquant ce
qui leur manquait encore; on s'est extasié aussitôt;
sans plus attendre, on les a appelés des maîtres. Ces
jeunes gens ont cru être déjà arrivés; ils n'ont plus
cherché à avancer; ils n'ont plus fait de progrès,
et quand on ne fait plus de progrès dans les arts, on
recule. Leurs qualités sont devenues stationnaires,
mais leurs défauts ont grandi; le public a bientôt
connu par cœur leurs procédés, et est devenu froid
pour eux; alors ils se sont regimbés, et, pour lui
prouver qu'il avait tort, ils l'ont bravé, ils ont exa-
géré leurs défauts, ils l'ont voulu forcer à admirer
les plus excentriques bizarreries de leur médiocrité
vaniteuse et les essais les plus relâchés de leur pa-
resse sans idée. Plût à Dieu qu'il se fût trouvé, en
littérature et dans les arts, un critique d'une sincérité
brutale, qui eût mis chacun à sa place, les maîtres
sur la chaire et les élèves sur les bancs. Nous ne
serions pas attristés par le spectacle de cette atonie
prématurée d'une génération qui s'était montrée si
généreuse et si pleine de sève à son début! Le
temps où nous nous trouvons est un temps de calme,
propre aux études et aux consciencieux travaux. Ces

artistes abusés peuvent encore le mettre à profit et se relever. S'ils ne le comprennent pas, ils sont perdus, et ils ne serviront que comme un exemple à leurs jeunes rivaux, qui déjà les dédaignent et bientôt les condamneront.

Ainsi, et pour appliquer ces réflexions sur des noms, voici une demi-douzaine d'artistes, dont les premiers tableaux avaient mérité d'être distingués, et qui, enivrés par des éloges dénués de critique, ont déjà compromis leur talent. L'un, M. Yvon, était revenu de Russie avec des études consciencieuses, dont on loua avec justice le dessin large et pur. Il lui fallait encore étudier la composition, l'art difficile et patient de rassembler toutes les parties d'une seule pensée dans une action unique. Il a cru n'avoir plus rien à apprendre, et il a tenté aussitôt de colossales entreprises, des tableaux de trente pieds, comme sa *Bataille russe* de l'an dernier, indigeste mélange de chevaux et de soldats, sans unité. Il n'a pas obtenu de succès dans le genre historique, il aborde aujourd'hui le genre religieux ; son *Ange déchu* est un pauvre homme qui a quelques débris d'ailes attachés aux épaules, et qui est piteusement assis sur une pierre ; on se demande ce qu'il fait là ; sur son visage, nulle trace de cette *splendeur originelle* du Satan du poète, *Vaincu, tombé, mais en qui l'on retrouve l'archange*. (Milton.) Le dessin même est incorrect, les épaules sont mal emmanchées. Ce jeune homme a prétendu trop haut ; il exécute avant qu'ait germé la pensée ou tressailli le sentiment : « Qu'il sache donc, a dit Grétry, qu'il faut à l'artiste la tête d'un homme et le cœur d'une femme. »

Un autre, M. Couture, avait obtenu une éclatante ovation par son tableau de la *Décadence romaine*, où, entre autres qualités, on avait été frappé de l'agréable originalité du coloris ; maintenant, il nous

2

donne des portraits plaqués, jaspés, agâthisés, où le sang a l'air de se congeler par plaques et de former un miroir sous la peau.

Un troisième, M. Hébert, auteur du beau tableau de la *Malaria*, ayant vu vanter dans sa composition un certain ton mélancolique, place ses portraits de femmes dans une ombre jaune et ambrée, où le personnage, vaguement deviné, semble s'enfoncer comme une apparition fantastique. Celui-ci, M. Francais, paysagiste habile et facile, veut prouver que sa facilité est plus grande encore qu'on ne s'imagine, et, dans sa *Coupe de bois*, il ne se donne même pas la peine de dessiner nettement ses arbres ; les clairs ou les ombres sont jetés au hasard sur les rameaux cassés ; on cherche à quel arbre appartient telle branche ; un bouleau sort hardiment du tronc d'un chêne. Celui-là, paysagiste aussi, M. Corot, sait répandre sur les forêts profondes, sur les eaux calmes et transparentes, ombragées d'arbres penchants, un charme doux et rêveur. Il était poète, il fallait chercher à devenir peintre. Il a jugé que c'était assez d'une qualité, il n'a pas voulu apprendre à faire des lignes droites ; son *Port de La Rochelle* est entouré de maisons et de tours, dont pas une ne se tient debout ; elles penchent toutes à droite et à gauche ; on les croirait secouées par un tremblement de terre, et dansant en rond, en trébuchant autour du bassin. Cet autre, plus jeune, M. Bonvin, avait exposé, l'an dernier, une *École de petites Filles* mal dessinées, mais où l'on aimait à trouver un sentiment naïf qui faisait sourire. Il a peint cette fois une *Distribution d'aumônes*, où le sentiment est moindre que dans son premier tableau, et où le dessin est encore plus insuffisant ; pas une main n'est arrêtée. Le public a admiré une peinture à demi-faite, l'artiste le sert à souhait ; il se contente de l'à peu près.

Enfin, il n'est pas jusqu'aux plus petits, aux débutants, à des enfants, que l'on devrait respecter, *Maxima pueris debetur reverentia*, que la camaraderie va contribuer à égarer par une coupable condescendance et des encouragements prématurés. Ne voilà-t-il pas qu'on a permis à M. *Maurice Sand* d'exposer une de ses ébauches d'atelier ! Le pauvre enfant en est encore à dessiner le modèle **vivant**; il ne connaît rien encore aux effets d'ombre et de lumière, à la couleur, à la composition. Il apprendra tout cela, et, dans quelques années, il sera peut-être un jeune homme dont on dira qu'il promet. Mais non ! il s'appelle Sand : Vite ! montrons un peu une œuvre de M. Sand ! Hélas ! le public l'a **vue, cette** œuvre, et l'on ne saurait dire l'hilarité qu'excite ce groupe d'un noir d'encre, composé d'un être sans forme, monté sur un animal dont on ne saurait déterminer l'espèce, et qui s'appelle *la Chasse au héron*. Si les amis de Mme Sand lui veulent être vraiment utiles, qu'ils refusent impitoyablement pendant cinq ans de suite les essais de M. Maurice ; sinon, il sera en peinture à M. Chassériau ce que M. Gaiffe, en littérature, est à M. Vaquerie.

Quand un artiste d'un talent aussi réel que M. *Horace Vernet* expose une grande composition comme *La Prise de Rome,* quelle que soit l'erreur où il soit tombé, il a droit d'être séparé de la foule : il a acquis ce privilége par ses grands travaux, son nom illustre et les œuvres puissantes qui lui ont fait une juste réputation. Et cependant *La Prise de Rome* est inférieure à ce que l'on devait attendre de lui. Cette vaste toile, couverte d'une teinte bleue uniforme, de haut en bas, de long en large, a l'aspect d'un décor de la Porte-Saint-Martin. Les vingt épisodes, parfois dramatiques, souvent spirituels, que rien ne semble relier, laissent froid l'observateur, qui ne comprend pas leur unité. Ce tableau manque

d'une qualité première : le charme ; il ne plaît **pas.**
La cause de cet échec, M. Horace Vernet la **doit**
connaître lui-même : il est l'Alexandre Dumas **de la**
peinture. Doué d'une facilité sans exemple depuis
Rubens, il excelle dans la mise en scène, dans la
science de la stratégie. De même que personne
mieux que le poète, ne dispose ses acteurs, ne les
fait entrer et sortir, nul ne sait mieux que M. Horace
Vernet étendre une armée en ligne, la faire manœu-
vrer, marcher par bataillons ; mais à l'un et à l'autre
l'ensemble suffit : pas de détails, pas de caractères
étudiés, pas de types. Et quand la facilité croît, quand
on ne sait plus qu'imaginer sans penser, sans attendre
le Démon, le dramatique et la passion s'en vont, et
aussi l'élévation ; on fait sourire, on n'émeut plus ;
ce qui se développe, c'est l'esprit, et l'esprit est une
qualité secondaire : Veut-on juger si un homme a
perdu, qu'on regarde s'il a gagné de l'esprit.

Les puissantes facultés, que M. Horace Vernet a dé-
pensées avec tant de prodigalité, le public ne peut
pourtant croire qu'elles soient éteintes ; cette riche
sève, qui anima trois artistes dans sa famille, n'est pas
toiles gigantesques qu'on lui commande de peindre
à la toise et à la journée, et il pourra laisser encore
une de ces œuvres telles que les conçut sa jeunesse,
que les artistes estimeront et la postérité reconnaîtra.

Il est plusieurs artistes dont la réputation s'est
fondée sur des œuvres de valeur, et qui continuent
à la soutenir par de bons ouvrages. Tout a été dit
depuis long-temps sur leur mérite : je ne pourrais
que répéter. Puis, le public de France est comme
celui d'Athènes ; il se fatigue d'entendre constam-
ment appeler Aristide *le juste*. Cependant, il y aurait iniquité à ne pas mentionner leurs noms avec
éloges. Ainsi, l'*Episode de la retraite de Russie* nous
remet encore une fois devant les yeux ces héroïques
grognards, devinés par Charlet et perpétués par

M. Bellanger. Il y a là, au milieu des morts et des blessés, debout et un pistolet à la main, un *Grenadier* épuisée; qu'il le veuille encore, qu'il repousse les *épique*, comme parle le poète, d'une si inébranlable attitude, qu'on comprend que l'Europe ait été vaincue par de tels soldats. *M. Pérignon*, par une généreuse inspiration digne des plus grands encouragements, a abandonné ses portraits léchés de belles dames qu'on lui payait 6,000 fr. pièce, pour peindre une étude de *paysanne italienne* du caractère le plus noble, le plus distingué, et dont le doux et pensif regard décèle une de ces riches natures du Midi, où les arts sont comme un produit du sol. *Les Petits paysans bretons*, de *M. Luminais*, qui, la pointe de fer à la main, fouillent à travers les rochers pour chercher des crabes et des homards, prouvent que la réalité la plus vraie peut s'allier à un charme poétique. Le tableau de *M. Sorieul : Marceau au Mans*, malgré une couleur un peu violette, témoigne d'études sérieuses de la composition et d'un sentiment susceptible d'émouvoir, quand l'artiste choisira un sujet dramatique et moins confus dans les détails.

On reconnaît dans le paysage de *M. Flandrin*, un *Coteau* revêtu de grands arbres, la continuité d'efforts de l'artiste savant, et sa préoccupation à composer avec largeur, suivant les grandes traditions de la bonne école. *M. Jeanron*, dans *Les Pêcheurs au bord de la mer*, arrive aussi à des effets vrais par des moyens simples et sans charlatanisme. A côté de *Taureaux luttant*, peints avec une énergie, une fermeté et une vérité colorée, *M. Coignard* a représenté des *Vaches couchées* dans une verte prairie; affaissées sous le poids du midi, elles se reposent en ruminant. L'air chaud circule sous les arbres, et la nature respire en ce silence solennel et vivant que sait peindre dans ses vers émus Lacaussade, le poète des tropi-

3*

ques. M. Coignard ne fait pas regretter l'absence de Mlle Rosa Bonheur.

Parmi les nombreuses miniatures qui se pressent dans une salle étroite, le *Portrait du marquis de ****, par M. de Fontenay, rend, avec une spirituelle habileté le type de ces têtes du Nord, où un sang pâle colore à peine une figure fine et distinguée ; le soin de la touche et la correction du dessin relèvent encore le caractère de la physionomie, qui révèle la race et l'habitude du commandement. Enfin, dans la sculpture, avec le buste d'un chef d'*Institution*, par M. Cavelier, l'auteur de la belle statue de Pénélope, d'un dessin senti et animé, et celui du *Prince Louis-Napoléon*, par M. Barre, énergique et ferme, les gens du monde, les artistes, les amateurs, estiment et admirent particulièrement les trois bustes, par M. Paul Gayrard, de *Madame la duchesse de Brissac*, *Madame la marquise de las Marismas*, et de *Mademoiselle Cerrito*. Figurez-vous des portraits vivants, expressifs : ce n'est plus le marbre froid et rigide, il s'est assoupli, la physionomie s'est éclairée ; ces charmantes et gracieuses femmes sourient sans effort ; elles sont agréables et fines, elles sont jolies et spirituelles ; on aimerait à les connaître. M. Paul Gayrard va devenir le portraitiste des femmes intelligentes et des femmes de la bonne compagnie.

J'ai essayé de donner une idée à peu près complète des principales œuvres de l'exposition ; il faut se résumer. L'art, aussi bien que la littérature, est l'expression de la société. Sous Louis XIV le dessin est pur, exact, correct, le style noble, la composition savante et bien ordonnée, la couleur belle et vraie sans recherche. L'art a toutes les qualités de raison, de sentiment élevé, de dignité, de grandeur de la société la mieux réglée qui fut jamais. Au XVIIIe siècle, avec les petits soupers, les philosophes, les athées, les roués et les courtisanes, naît

l'art mou , coquet et faux ; le dessin est relâché , les
contours voluptueusement gracieux, la couleur pré-
tentieuse ; ce n'est plus le beau , c'est le joli ; la
société , qui se perd en riant, ne veut plus admirer,
mais s'amuser ; l'art est folâtre. La révolution se
prépare, Rousseau est son prophète ; il prêche l'admiration pour l'antiquité ; la société s'engoue de ce
monde détruit sans le comprendre et le bien connaître. La république fait du pastiche de lois et d'ins-
titutions ; l'art se fait l'imitateur de l'antiquité ; les
bergères enrubanées disparaissent pour laisser la
place aux Léonidas combattant tout nus ; les batailles de Lebrun avaient un air de majesté , ses
héros semblaient porter perruque comme sous
Louis XIV : l'art, sous l'empire, sent l'âpreté et le
convenu. De même , en tous temps et en tous les
pays : l'art est mystique dans la rêveuse Allemagne,
réaliste dans l'*Angleterre* marchande , de détails mi-
nutieux dans la soigneuse Flandre , éclatant, riche
et coloré dans la chaude Italie, sombre dans l'Espa-
gne fanatique. Ainsi encore, dans les trente années
qui viennent de s'écouler, tour à tour, on a vu l'art
sous la restauration , suivre des voies plus, pures,
plus vraies et plus droites ; ainsi que la royauté,
après tant d'orages, il semblait chercher à s'asseoir.
C'est le temps des grandes œuvres du peintre le plus
savant dans la ligne que la France ait produit depuis
Lebrun. Juillet 1830 arrive, tout est remis en ques-
tion : la débâcle sociale se prépare ; tout craque ,
nul ne sait où il doit aller , et chacun court sans
pensée, livré à sa fantaisie. Les écoles se combat-
tent et se croisent ; les talents éminents se disper-
sent en des œuvres incomplètes : c'est l'anarchie.
Cependant , la monarchie d'Orléans continue son
action ; elle développe les instincts matériels, et
aussitôt l'art se fait plus sensualiste ; on vante la
couleur, on ne recherche que la couleur, car, de

toutes les qualités de l'art, la couleur est la plus
matérielle ; on devient habile dans les moyens, on
perd toute inspiration. Si ce règne eût encore duré
trente ans, l'école française était perdue à jamais ;
les peintres de 1870 n'auraient pas su dessiner. Le
Salon de cette année est une des dernières produc-
tions de cette époque corruptrice.

Aujourd'hui la société commence à se reconsti-
tuer par les principes du respect et de l'autorité ; les
effets dans l'art ne s'en feront pas attendre. On va
voir avant peu se relever les études sérieuses, et,
sans prétendre préjuger les conseils divins, il est
permis de croire qu'une phase nouvelle va s'ouvrir
pour l'art, et qu'un avenir digne de son passé lui est
réservé.

Et pour terminer, quelques mots aux artistes :
Des artistes, les uns se préoccupent du public, et ils
font de jolis ouvrages ; d'autres de leurs confrères,
et ils font de bons ouvrages ; d'autres de l'art lui-
même, et ils font de beaux ouvrages. La plus basse
préoccupation est celle du public : on cherche à
flatter ses goûts, et presque toujours ce qui est à la
mode est mauvais. C'est gagner déjà, mais ce n'est
encore que d'un génie médiocre, que s'inquiéter
de ce que penseront les artistes de son œuvre. Les
artistes sont systématiques, et si l'on veut plaire à
tous, sans les blesser, en passant la pierre ponce sur
ses défauts, on la passe aussi sur ses qualités. Mais
l'artiste véritable ne pense qu'à son œuvre ; il en
vit, il en est impressionné, il en est passionné ; il la
voit en toutes ses parties, il la sent respirer, il se
l'assimile ; et pour s'assimiler il faut aimer, et c'est
l'amour seul qui crée. Ainsi, il trouve toutes les
ressources qui la rendent expressive, animée ; il ne
se satisfait pas de l'à-peu-près, il l'approfondit ; il
demande à l'art tout ce qu'il peut donner pour que
sa pensée ressorte nette et saisissante, et il atteint le

plus haut résultat auquel on puisse aspirer : Ayant pensé, il fait penser; ému, il émeut; passionné, il passionne; il y a de l'humain dans ce qu'il a fait, l'homme s'y retrouve, et s'y retrouvant, il revient sur lui-même, il s'élève et s'améliore, car nul livre ne nous instruit plus que notre propre cœur, ne fait plus voir la faiblesse humaine, et ne reporte plus à la source éternelle, à Dieu. Voilà pourquoi l'art est tant prisé dans le monde, pourquoi il excite tant l'admiration et l'enthousiasme, pourquoi on l'appelle *divin :* il moralise par le beau, et le vrai beau est ce qui parle à l'âme.

DU MÊME AUTEUR.

NEVERS. — I.-M. FAY.